Quando a gente crescer

Sandrine Beau • Nicolas Gouny

Tradução:
Alexandre Koji

EDITORA POSITIVO

Para Malou, Loli, Emma e Quentin, meus pequenos grandes sonhadores preferidos.

S.B.

Para Delphine,
amorosamente.

N.G.

Quando a gente crescer, vou ser condutor de
um trem-navio e passear nos oceanos.

Vou ser bolheiro.

Ou talvez pintor de
listras de zebras.

Vou ser músico de
copos de água.

Escalador de baobás.

Pendurador de estrelas.

Coloridor de balinhas.

E depois, do arco-íris também.

Durante o verão,
vou virar
limpador de testa
de girafas.

Ou impedidor da entrada de areia nos olhos.

No outono,
vou me
transformar
em recolador
de folhas.

Ou em mostrador
do caminho para
pássaros viajantes.

No inverno, vou para bem longe, no País das Neves, virar pegador de lindas bolas de neve.

Ou bolsa térmica ambulante.

Na primavera, vou ser arrumador
de joaninhas viradas.

Ou colhedor do orvalho
da manhã.

Talvez eu também possa ser fazedor de cócegas em gente triste.

Divertidor de peixes-vermelhos!

Caçador de pesadelos e de notícias ruins.

Posso virar guardador de pedrinhas.

Desarmador de bombas.

Criador de
pombas da paz.

Talvez...

Mas o certo é que,
quando a gente crescer,
vou ser presenteador de
luas para a bem-amada.

a escritora | SANDRINE BEAU

Tem dezenas de livros publicados para o universo infantil e juvenil. Nascida na França, já viajou o país fazendo performances em uma trupe de palhaços. Desde cedo foi apaixonada pelos livros e após o nascimento de seus filhos a paixão por contar histórias acendeu ainda mais, fazendo a autora trocar o nariz vermelho pela escrita.

o ilustrador | NICOLAS GOUNY

O ilustrador francês Nicolas Gouny começou a carreira em 2007, compartilhando seus desenhos e imagens na internet. Um ano depois, após ele se mudar com a família para um pequeno vilarejo na França, a ilustração infantil entrou de vez em sua vida. Hoje, seus mais de 40 livros são o resultado de suas impressões sobre as cores e a natureza que o inspiram.

Dados Internacionais para Catalogação na Publicação (CIP)
(Maria Teresa A. Gonzati / CRB 9-1584 / Curitiba, PR, Brasil)

B371 Beau, Sandrine.
Quando a gente crescer / Sandrine Beau ; tradução Alexandre Koji ; ilustração Nicolas Gouny. — Curitiba : Positivo, 2015.
32 p. : il.

Título original: *Quand on sera grands*
ISBN 978-85-385-9165-8

1. Literatura infantil . I. Koji, Alexandre. II. Gouny, Nicolas. III. Título.

CDU 82.053-2

Gerente Editorial: Júlio Röcker Neto
Gerente de Arte e Iconografia: Cláudio Espósito Godoy
Edição: Cristiane Mateus
Supervisora de Arte: Elvira Fogaça Cilka
Revisão: Luiz Henrique Tobias e Mariana Bordignon
Edição de arte e capa: Aurélio Camilo, Fabíola Castellar, Janaina Beltrame, Rosangela Cesar de Lima Braga
Engenharia de Produto: Solange Szabelski Druszcz

Rua Major Heitor Guimarães, 174
80440-120 — Curitiba — PR
Site: www.editorapositivo.com.br
Fale com a gente: 0800 723 68 68

Impressão e acabamento:
Gráfica e Editora Posigraf Ltda.

1ª edição
2ª impressão

Impresso no Brasil
1 2 3 4 5 6 8 9 10 11 12

2019